Sommaire

Ces derniers temps, j'ai terriblement envie de me faire prendre.
Si quelqu'un veut bien exaucer mon vœu,
HAH
BRR
SPLATCH
VRR
VRR
autant faire disparaître toute timidité
HAH
et me faire fondre comme un chat en chaleur.
J'aimerais bien un prince.
Je suis pas ton jouet, mon beau.
Mon prince rien qu'à moi.
Ahn !
Oui !

Episode 1

ざえもん
B1
BAR
* Bar Zaemon
Ou pas.
BLA
BLA
ガヤ ガヤ
HAH...
PAS BESOIN DU GRAND AMOUR, C'EST ÉPUISANT. L'IMAGINER ME SUFFIT.
J'aime bien les endroits pleins de gays.
Ça m'aide à relativiser depuis que ma copine m'a quitté.
PARDON, NIYANO !
ON A FERMÉ SUPER TARD.
C'EST RIEN, J'AI BU QU'UN SEUL VERRE.
TIENS, LA CIRE QUE TU VOULAIS.
JE TE L'OFFRE POUR FÊTER TA RUPTURE.
FIOUUH
はあ～
Une bière, s'il vous plaît !
TOC
コト
ET PUIS...
J'AI FRANCHEMENT CRU QUE T'ALLAIS TE MARIER AVEC ELLE.

FOUIP
JE LE PENSAIS AUSSI.
CLINK
ELLE M'A QUITTÉ SANS POUR AUTANT ME JETER DEHORS,
MAIS ÇA A PAS TRAINÉ DÈS QU'ELLE A TROUVÉ UN NOUVEAU MEC.
J'AI LE CŒUR EN MIETTES.
J'ÉTAIS PAS VENU AU BAR GAY DEPUIS UN BAIL, ÇA FAIT DU BIEN.
TU CHASSES L'HOMME, DU COUP ?
J'EN RÊVE, PLUTÔT QUE DE LE CHASSER.
COMME ÇA, JE SUIS LIBRE D'IMAGINER UN BEAU PRINCE.
JE RÊVE DE ME FAIRE DORLOTER COMME ÇA...

AH...
TU PARLES DE KOGANEI ?
C'EST VRAI QU'IL RES-SEMBLE À UN PRINCE.
COMMENT TU CONNAIS SON NOM ?
IL EST CONNU DANS LE COIN, EN CE MOMENT.
JUN KOGANEI, EN DEUXIÈME ANNÉE À LA FAC KAIÔ. C'EST UN TOP ASSEZ GRAND.
UN BEAU GOSSE CHARISMATIQUE ET GENTIL, QUOI.
Je fonds.
IL PARAÎT MIGNON AU PREMIER COUP D'ŒIL, MAIS SON REGARD PARFOIS ! PFOUAH, UN VRAI HOMME !
J'ADORE CETTE DIFFÉRENCE.
TU LE CONNAIS BIEN. IL T'INTÉRESSE, AKI ?

JAMAIS DE LA VIE !
C'EST PAS LE GENRE DE MEC INTÉRESSÉ PAR LES RELATIONS EXCLUSIVES.
FWOUP
FWOUP
VRRR
IL PASSERAIT SON TEMPS À MATER LES AUTRES, J'AI PAS BESOIN D'UN MEC COMME ÇA.
JE SERAIS TROP JALOUX ET INQUIET, JE TIENDRAIS JAMAIS LE COUP.
VRR
J'AI PAS ENVIE D'ÊTRE BLESSÉ ! ALORS JE PRÉFÈRE REGARDER DE LOIN, COMME LES ACTEURS !
VRR
CONTENTE-TOI DE RÊVER DE LUI, ARAYANI.
VRR
T'ES TROP HONNÊTE POUR UN MEC COMME ÇA, IL VA T'EN FAIRE BAVER.
VRR
Allo ?
C'est moi !
Je passe un coup de fil, attends.
OK
JE COMPTAIS PAS ALLER PLUS LOIN.

J'ai eu trop de problèmes dans mes relations, jusqu'à présent. Je suis pas fait pour être en couple.
ÇA ME SUFFIT DE L'IDOLÂTRER...
CLING
PLAF

くる、
FOUIP
SALUT.
K-Koganei ?!
BABOUM
AH... !
SALUT !
BABOUM
LE MEC AVEC QUI T'ÉTAIS...
C'EST TON COPAIN ?
BABOUM
BABOUM
PAS DU TOUT !
MAIS ALORS VRAIMENT PAS !
FLAP
FLAP
C'EST UN AMI...

くすくす
HA HA
PAS BESOIN DE PANIQUER COMME ÇA.
T'ES MIGNON.
Il rigole...
ふふっ
PFF !
Il...
Il a vraiment dit ça ?
Aussi facilement ?
IL DOIT VRAIMENT AVOIR LA CÔTE...
ET SINON...
SI TU ME REGARDAIS, C'EST BIEN POUR CE QUE JE PENSE ?
BABOUM
ドくっ

GENRE, PASSER LA SOIRÉE AVEC MOI ?
IL A TOUT COM-PRIS !
BABOUM
BABOUM
AH !
EUH !
JE ME DISAIS JUSTE QUE... QUE T'AS LA CLASSE...
CRR
JE SUIS DÉSO-LÉ !

POF
ポン
POF
ポン
PAS BESOIN DE T'EXCUSER.
するっ
FOUIP
BABOUM
どき
JE M'AP-PELLE KOGA-NEI.
ET TOI, MON GRAND ?
M-MOI ?!
NI...
BABOUM
TAKASHI NIYANO...
BABOUM
BABOUM
Je me suis mordu la langue...
Quel idiot.
NIYA !

MÊME TON NOM, IL EST MIGNON...
BABOUM
!!
POF
À PLUS...
NIYA.
TAP
AH ...
« Ne tombe pas amoureux de lui. »
« Ne cherche plus de relations ! »
Quel idiot...
J'ai le cœur qui bat la chamade alors qu'il n'a fait que me parler...
J'arrive plus à réfléchir.
どくん..
BABOUM
どくん..
BABOUM
PARDON !
C'ÉTAIT POUR LE BOULOT ...
MH ?
BAH ALORS ?
IL EST CANON, CE KOGANEI...
T'ES ENCORE LÀ-DESSUS ?
HA HA HA

déménagement caio

Il a beau me dire ça...
C'EST UN COUREUR DE JUPONS !
TOMBE PAS AMOUREUX !
HAAAH
JE PEUX BIEN ME LAISSER CHARMER UN PEU !
C'EST UN PEU COMME UNE STAR, QUOI !
NIYA !
HÉ HÉ
Une star et son fan service !
HII
Je sais qu'il m'a abordé juste pour s'amuser.
CLAC
C'est pas comme si je m'attendais à plus.
Il m'a redonné le sourire alors que je désespérais.
PLAF
Bien.
Il reste un prince à mes yeux.
CLAC
TIENS ?

NIYA ?
!!
Koganei !
ON VIT DANS LE MÊME IMMEUBLE ?
JE VIENS D'EMMÉNAGER HIER !
C'EST QU'UNE COÏNCIDENCE !
OUAAAH わ
OUAAAH わ
OUAAAH わ
IL EST MIGNON, TON FRONT.
ARGH
C'est grave embarrassant.
MES CHEVEUX SONT TROP DOUX...
ÇA TIENT PAS SANS RIEN...

C'EST VRAI.
JE ME SUIS DIT PAREIL EN LES TOUCHANT.
FOUIP
ビク
BRR
T'ES SUPER DOUX...
NIYA.
......
BABOUM
C'est...

C'est impossible d'y rester insensible...
PLAF
ガバッ
!?
SAYAMA... TIENS LE COUP JUSQU'À TA CHAMBRE.
PLOF
ゴッ
J'EN PEUX PLUS...
Il a l'air bourré mais il est beau...
AARGH
JE TE LAISSE TOMBER SI TU ME VOMIS DESSUS.
Koganei retient pas ses mots...
Vi-lain...
NIYA, TU PEUX APPUYER SUR LE BOUTON DU 5ÈME ?
D'ac-cord...
C'est l'un de ses copains ?!
TIC
BABOUM
ドキ...
BABOUM
Son petit favori, peut-être ?
BABOUM
ドキーン
IL L'AMÈNE CHEZ LUI, APRÈS TOUT...

BONNE NUIT, NIYA.
Je ferai mieux de calmer mes ardeurs.
VRR
ILS SORTAIENT FORCÉMENT ENSEMBLE...
HAH
J'suis pas fourbe...
IL VA LE FAIRE, HEIN... ?
CRR
IL EST LÀ POUR ÇA...
GNIP
Je me demande à quoi il ressemble, au lit...
NIYA...

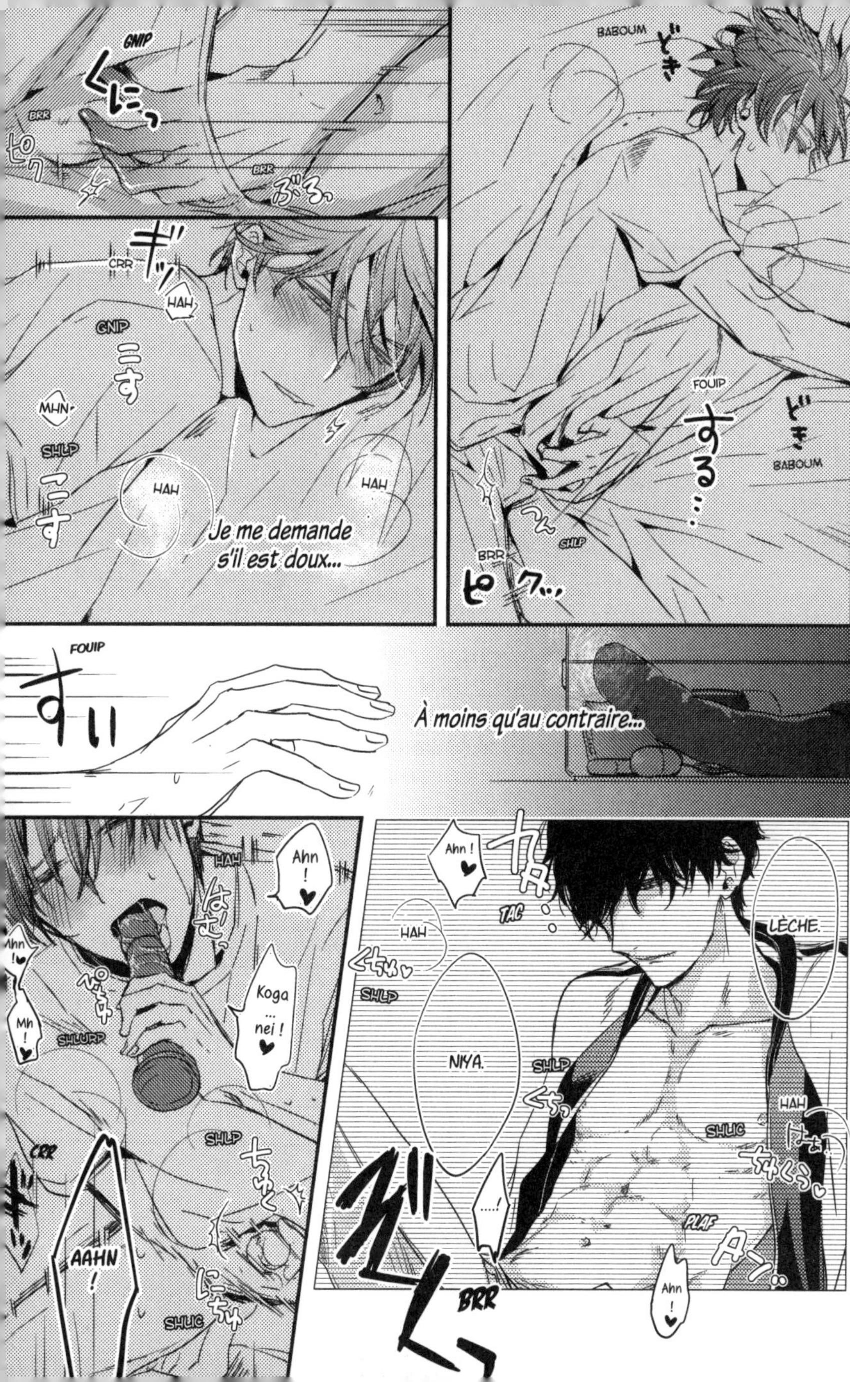
BABOUM
FOUIP
BABOUM
SHLP
BRR
GNIP
BRR
BRR
CRR
HAH
GNIP
MHN
SHLP
HAH
HAH
Je me demande s'il est doux...
FOUIP
À moins qu'au contraire...
Ahn ! ♥
TAC
HAH
SHLP
LÈCHE.
NIYA.
SHLP
HAH
SHLIC
....!
PLAF
Ahn ! ♥
BRR
HAH
Ahn ! ♥
Koga... nei ! ♥
Ahn ! ♥
Mh ! ♥
SHLURP
SHLP
CRR
AAHN !
SHLIC

Je me suis surpris à l'imaginer prendre le contrôle.
FRSH
Mal-heu-reuse-ment...
Mon corps ne comprend pas mon envie de me réfréner.
NIYA !
OUAH
SALUT.
TU VAS BOSSER ?
FOUIP
T'ES BIEN COIFFÉ.
Me regarde pas comme ça, je me suis branlé en pensant à toi !
KO... ET TOI, KOGANEI ? TU REVIENS DES COURSES ?
FRSH
OUAIS.

AAargh... Je veux un sandwich, et après je veux ta bite...
LE MEC QUE T'AS VU HIER A LA GUEULE DE BOIS.
IL VOULAIT ABSOLUMENT MANGER UN TRUC.
Il a de la chance, son copain...
IL EST GENTIL...
JE SUIS JALOUX...
AU DÉBUT...
JE PENSAIS QUE C'ÉTAIT NUL.
MAIS EN FAIT, J'AI DE LA CHANCE.
J'AI PU TE CROISER !
POF
BABOUM
Espèce de... espèce de dragueur !
C'est moi, le chanceux !
BABOUM
T'AS FINI DE TRIER TES CARTONS, NIYA ?
J'EN SUIS À LA MOITIÉ...
BABOUM
JE PEUX TOUJOURS T'AIDER, SI TU VEUX.

PAS BESOIN DE T'EMBÊTER...
SOIS PAS SI GÊNÉ.
TU REVIENS AU BAR D'HIER, CE SOIR ?
J'Y SUIS ALLÉ HIER POUR REJOINDRE UN AMI.
CE SOIR, JE SUIS CENSÉ RANGER...
J'AI QUE DEUX COURS À SUIVRE, AUJOURD'HUI.
JE T'APPELLE QUAND JE RENTRE.
Il me demande mon numéro super naturellement !
C'est un pro...
FRSH
AH.
TENDS TA MAIN.
PLOF
TIENS, POUR FÊTER TON DÉMÉNAGE-MENT.
GNIP

J'ADORE CES BISCUITS.
ILS SONT À TOI.
DÉSOLÉ DE T'AVOIR DÉRANGÉ AVANT QUE T'AILLES AU BOULOT.
BONNE JOURNÉE.
BABOUM
とくん…
BABOUM
とくん…
Je sais bien qu'il retourne auprès de son copain...
Mais quel est ce sentiment ?

Koganei est beaucoup trop cool, on dirait un véritable prince...
Même mon travail est devenu amusant.
Et il me fait fondre.
TU AS FINI DE DÉMÉNAGER ? TU M'AS L'AIR CONTENT.
HIER ENCORE, ON AURAIT CRU VOIR UN CADAVRE AMBULANT !
C'est peut-être lui qui me fait cet effet.
C'EST ENCORE LE BAZAR CHEZ MOI...
Je ne sais même plus pourquoi je tirais autant la tête hier.

NIYA, ON A FINI AVEC LE DERNIER CARTON.
TOUT EST ENFIN RANGÉ.
MERCI !
C'EST GRÂCE À TOI, KOGANEI. MERCI BEAUCOUP.
POUR TE REMERCIER...
FOUIP
ET SI ON COMMAN-DAIT ?
CHOISIS CE QUE TU VEUX.
NIYA...
T'AS L'AIR D'AVOIR DES CASSEROLES, TU CUISINES PAS D'HABITUDE ?
SI, MAIS JE SUIS PAS DOUÉ.
Ça te va, une pizza ?
Bien sûr !

DANS CE CAS...
J'AIMERAIS MANGER L'UN DE TES PLATS FAITS MAISON, LA PROCHAINE FOIS.
La prochaine fois ?
POURQUOI PAS, MAIS NE T'ATTENDS PAS À DE LA GRANDE CUISINE.
Ça veut dire qu'on est amis ?
JE VAIS JETER LES CARTONS EN ATTENDANT LA PIZZA.
TU PEUX T'OCCUPER DE CEUX DANS MA CHAMBRE, AUSSI ?
JE RANGE ÇA OÙ ?
QUOI DONC ?
C'est un peu mieux qu'être un simple fan...
JE M'AVANCE TROP ?
NIYA.
MH ?

AH !!
C'est le sextoy que j'ai utilisé hier ! J'ai oublié de le ranger !
OUAAAH !
PARDON PARDON PARDON !
PLAF
ÇA ME DÉRANGE PAS, TU SAIS. C'EST COMMUN CE GENRE DE TRUCS.
POURQUOI IL A VU ÇA ?
ARGH
AAARGH

MAIS JE L'UTILISE...
TOUT SEUL...
AVANT D'EMMÉNAGER ICI, JE VIVAIS AVEC MON EX COPINE...
ON ÉTAIT ENSEMBLE DEPUIS PAS MAL DE TEMPS...
JE L'AI UTILISÉ UN JOUR, POUR ME FAIRE PLAISIR...
ET ELLE M'A VU FAIRE.
C'EST COMME ÇA QU'ELLE A SU QUE J'ÉTAIS DÉJÀ SORTI AVEC UN MEC...
ET ELLE A DÉCIDÉ DE ME QUITTER PARCE QU'ELLE TROUVE ÇA « DÉGUEULASSE ».
ET POURTANT, JE CONTINUE...
JE SUIS VRAIMENT... DÉGOUTANT.
GNIP
TAP
POF
ぽん
NE DIS PAS N'IMPORTE QUOI.

ELLE A SIMPLEMENT ÉTÉ SURPRISE PARCE QU'ELLE NE TE CONNAISSAIT PAS.
MOI, ÇA ME DÉRANGE PAS.
Ça va aller.
JE SUIS CONTENT DE CONSTATER QUE T'ES UN ADULTE, NIYA.
JE VAIS JETER LES CARTONS AVANT QUE LE LIVREUR ARRIVE.
TAP
RANGE ÇA EN ATTENDANT.
BABOUM
À LA TIENNE.
Il est vraiment gentil...

NOM
Manger avec quelqu'un, ça rend un repas bien meilleur.
Avec mon prince.
SHLP
Ça l'est d'autant plus...
GLOUP
GLOUP
IL A DE L'APPÉ-TIT...
ÇA SE VOIT QU'IL EST JEUNE.
ZIEUTE
Je suis content de découvrir des trucs...

FOUIP
NIYA, T'EN AS PARTOUT ...
FAIS ATTEN-TION.
BABOUM
AH !
SHLP
VOILÀ, C'EST PARTI...
HÉ HÉ
BABOUM
AH...
Koganei parait décontracté, mais ça m'émoustille plus qu'autre chose...
MERCI...
BABOUM

LÈ-
CHE.
FOUIP
BABOUM
HEIN ?
BABOUM
AH...
MAIS...
BABOUM
BABOUM
QUOI... ?
TU PRÉFÈRES
QUE
JE M'EN
OCCUPE ?
BRR
NON
NON
BABOUM
BABOUM
BABOUM
JE VAIS
LE FAIRE...

ドクン…
BABOUM
HAH
はっ
BABOUM
ドクン…
HAH
SHLP
ドキ…
BABOUM
ドキ
BABOUM
ドクン
BABOUM
SHLP
くちゅ
MH…
MHN!…
フゥ
FOUIP
BRR
ぴく
IL EN RESTE.
!

AH...
MHN...
BABOUM
SHLIP
BRR
MHN...
SHURP
BRR
BRR
Koganei...
HAH...
SHLP
À quoi tu penses ?
AH...
SHLIC
ELLE EST TOUTE DOUCE TA LANGUE, NIYA...
......!

KOGANEI…
ENFIN BON…
SHLP
L'INVERSE ME PARAÎT COMPLIQUÉ.
HAH !
ROUGIT
MERCI, C'ÉTAIT BON.
JE VAIS JETER LES POUBELLES ET JE RENTRE.
FRSH
AH…
MERCI.
À quoi je m'atten-dais… ?
À PLUS.
LA PROCHAINE FOIS, JE VEUX DU FAIT-MAISON !

ぱたん
CLAC
とくん…
BABOUM
とくん
BABOUM
QUEL DRAGUEUR…
POF
とくん…
BABOUM
Takashi Niyano…
est de nouveau tombé amoureux.
はっ
HAH
SHLP

7 J'ai pas fini de grandir.

BRR
HAH
SHLP
Ahn...
Koga-nei...
Elle est toute douce ta langue, Niya...
SHLP
HAH
Tu préfères que je m'en occupe ?
AHN
BRR
BRR
BRR
SHLP
SHLIC
KOGA-NEI... !
SPLURT
Depuis lors...
Je ne pense plus qu'à lui.
Koga-nei...
Mon prince.
HAH
ENFIN BON, C'EST PAS RÉCI-PROQUE...

Episode 2

On vit dans le même bâtiment ...
alors je me doute que j'ai juste eu la chance de le croiser.
MAIS CES DERNIERS TEMPS, JE LE VOIS PAS...
Ça m'arrange peut-être.
Je sais bien que ça n'arrivera pas souvent...
MERCI DE NE PAS COURIR SUR LES QUAIS.
HAH
MON IMAGINATION NE ME SUFFIT PLUS...
LES PORTES VONT SE REFERMER.
PEUT-ÊTRE QUE JE LE CROISERAI, SI JE VAIS AU BAR.
PLAF

OH.
NIYA.
BABOUM
Koganei !
FOUAH
CLANG
SALUT.
TU VAS BOSSER TÔT.
CLACLANG
BABOUM
BABOUM
J'ai de la chance, aujourd'hui !
CLANG
TU TROUVES ? JE ME SUIS HABITUÉ.
En plus, il est super proche !
Ça va alimenter mon imagination !
BLING
BLING
BLING
TU FUMES, KOGANEI ?
SNIF
CLANG
OUAIS.
T'AIMES PAS ?

ÇA ME DÉRANGE PAS.
JE M'EN SERAIS PAS APERÇU SI ON ÉTAIT PAS SI PROCHES.
TU FUMES PAS, TOI ?
NON.
Au contraire, je suis content d'être assez proche pour le sentir.
DIS, ÇA DONNE VRAIMENT FAIM DE...
CLANG
GNIP

ÇA VA ?
どくんっ
BABOUM
AH...
OUI !
どくんっ
BABOUM
ÇA FREINE FORT, AUJOURD'HUI.
BABOUM
ぎゅ
GNIP
Sa main ... !
BABOUM
OUI...
ON DIRAIT BIEN.
BABOUM
Je suis avec Koganei...
C'est trop bien.
Bataille de dinosaures
Qui va survivre ?

T'AIMES BIEN LES DINOSAURES, NIYA ?
HEIN ?
CLANG
CLANG
EUH, JE DÉTESTE PAS ÇA...
POURQUOI ?
TU CONNAIS L'ÉMISSION OÙ ILS METTENT EN SCÈNE...
DES DINOSAURES QUI SE BATTENT ?
GNIP
ILS ONT ÉMIS PLEIN D'HYPOTHÈSES SUR LEURS MORTS...
EN ANALYSANT DES TAS DE FOSSILES RETROUVÉS.
C'EST UN PEU DUR À EXPLIQUER...
ÇA A L'AIR MARRANT !
MMH...
ÇA IRAIT PLUS VITE DE LE VOIR ENSEMBLE CHEZ MOI. ÇA TE DIT, CE SOIR ?
PLAF
PLAF
BABOUM
Chez lui ?!

AH, MAIS JE RISQUE DE FUMER...
C'EST PAS GRAVE !
PROCHAIN ARRÊT...
ÇA ME DÉRANGE PAS !
TANT MIEUX.
LA PORTE DE DROITE VA S'OUVRIR.
TU ME PRÉVIENS QUAND TU SORS DU BOULOT ?
KO...
Koganei m'a invité chez lui !
Et il sourit !
JE DESCENDS LÀ.
FLAP
POF
TIENS, POUR ME REMPLACER.
Salut.
FAIS ATTENTION.

BABOUM
BABOUM
FOUIP
POUR LE REMPLACER ...
CLANG
T'ES SÉRIEUX ?
FOUIP
ÇA CRAINT.
HAH
POURQUOI MON CŒUR BAT POUR UN POTEAU...
CLANG
SNIRF
J'AURAIS PAS DÛ FOUILLER DES TRUCS SUR SA COPINE...
ÇA VA ALLER ...
MAIS C'EST IMPOSSIBLE QU'UN AUSSI BEAU GOSSE SOIT CÉLIBATAIRE !
JE SAIS, JE SAIS...
Elle a raison.
Koganei a déjà un copain super beau.
T'AURAIS PU FAIRE ABSTRACTION, VU SON VISAGE !

CLANG
タタン・・
J'AI BIEN LE DROIT DE RÊVER UN PEU...
CLANG
タタン・・
Je comprends...
Et je suis d'accord.
POUIC
Je sais qu'il a un copain...
Mais je ne peux m'empêcher d'espérer.
Le simple fait de l'avoir croisé
et qu'il m'ait effleuré...
m'a donné envie de bien plus.

ブォー
VWOUUUU
BIEN, ÇA DEVRAIT ALLER.
JE POURRAIS JETER CE QUE J'AMÈNE S'IL AIME PAS...
MMHN...
COMMENT JE FAISAIS, QUAND J'ÉTAIS ENCORE À LA FAC ?
MINCE...
Je suis trop stressé.
BABOUM
どき
HAH
BABOUM
どき
ON VA JUSTE REGARDER LA TÉLÉ...
DING DONG
ピンポーン
BABOUM
どきっ
CLAC
ガチャ
SALUT...
TIENS ?

AH
J'AI UNE TÊTE BIZARRE ?
FLAP
MAIS NON.
JE M'ATTENDAIS À CE QUE TU VIENNES DIRECTEMENT DEPUIS LE BOULOT, C'EST TOUT.
ENTRE.
TAP
TAP
T'ES MIGNON AVEC CETTE COIFFURE, NIYA !
CLAC
Mignon ?
C'EST VRAI QUE J'AI PRIS LE TEMPS DE ME LAVER AVANT DE VENIR...
FAIS COMME CHEZ TOI.
Je suis chez Koganei...
ÇA A L'AIR TROP BON ! JE SUIS UN GROS MANGEUR, JE TE PRÉVIENS.
Je vais tout bouffer.
ÇA ME RASSURE.
J'ai de la chance...
BABOUM

Ouah, il est super coloré !
GLOUP
C'était comme si...
je faisais partie intégrante de la chambre de Koganei.
J'étais si heureux.
GRAOUUUH
Soudainement, je n'avais plus rien à faire de l'odeur de cigarette.
OUAH, IL EST DÉJÀ TARD...
0:45
J'AI PAS VU LE TEMPS PASSER.
FOUIP
JE FERAI MIEUX D'Y ALLER...
JE T'EN VOUDRAI PAS SI TU T'ENDORS, TU SAIS.
HEIN ?
IL RESTE QU'UN ÉPISODE, APRÈS TOUT.

MAIS JE VEUX PAS TE DÉRANGER...
ALLEZ, VA TE CHANGER.
BABOUM
ドキン
AH...
D'ACCORD.
FRSH
JE RANGE UN PEU EN ATTENDANT.
HEIN ?...
PAC
Finalement, je passe la nuit chez lui ?
CLAC
ぱたん。
HAH
J'AIME BIEN SON CÔTÉ UN PEU FORCEUR, JE CROIS...
Mais...
Je ne suis pas spécial à ses yeux, je le sais.
BABOUM
Il est comme ça avec tout le monde.
BABOUM

GARDE TON CALME...
FIOUH
よし
ME REVOILÀ.
DÉSOLÉ !
JE VIENS DE TROUVER CE QUE J'AVAIS PRÊTÉ À SAYAMA, T'AURAIS PU LE METTRE.
SAYAMA ?
Ah—!
LE MEC BOURRÉ DE L'AUTRE JOUR.
AH, C'EST PAS GRAVE ALORS.
T'AIMES PAS PORTER LES AFFAIRES DES AUTRES ?
C'EST PAS ÇA...

MAIS SAYAMA...
C'EST TON COPAIN, NON ?
SI J'ÉTAIS À SA PLACE...
J'AIMERAIS PAS QUE TU PRÊTES SES AFFAIRES.
PFF
HA HA
HA HA
C'EST VRAI...
IL M'A AIMÉ PENDANT QUELQUE TEMPS.
BABOUM
J'en étais sûr...

Je le savais déjà, mais l'entendre de sa bouche... C'est douloureux.
PLAF
ワイ!
!!
ÇA T'INTRI-GUE ?

ÉVIDEMMENT...
SI JE TE REGARDAIS AUTANT, LE JOUR DE NOTRE RENCONTRE...
CE N'ÉTAIT PAS POUR RIEN.
PLAF
JE T'AIME DE PLUS EN PLUS, À CHAQUE FOIS QUE L'ON SE CROISE...

JE SAIS BIEN QUE MON INTÉRÊT POUR TOI EST ANORMAL.
TU M'AIMES ?
BABOUM

TU M'AS TRAITÉ NORMALEMENT ...
MÊME EN APPRENANT MA SEXUALITÉ.
MÊME MA COPINE...
M'AVAIT LAISSÉ DE SALES SOUVENIRS À CE PROPOS.
Elle a simplement été surprise parce qu'elle ne te connaissait pas.
ALORS TES MOTS M'ONT SAUVÉ...
TU ES COMME UN PRINCE QUI A GUÉRI MON CŒUR, ET...

NIYA, À TES YEUX...
JE SUIS UN PRINCE ?
AH !
BRR
EUH...
FWOUIP
PLAF

BABOUM
BABOUM
TU TE LAISSES FACILEMENT AVOIR DEPUIS LE DÉBUT...
BABOUM
TU TE RENDS COMPTE DE LA TÊTE QUE TU TIRES, NIYA ?
BABOUM
ON DIRAIT QUE TU ME DEMANDES DE TE DÉVORER...

FOUIP
C'EST PAS LA PREMIÈRE FOIS, D'AIL-LEURS.
GNIP
HAH
J'AVAIS DONC BIEN COMPRIS TON REGARD...
HAH
GLOUPS
TU SAIS...
JE ME TOUCHE...
EN PENSANT À TOI. JE L'AI ENCORE FAIT HIER.

JE PENSE À TON DOIGT ENTRE MES LÈVRES...
ET JE ME MAS-TURBE.
DÉSOLÉ ...
JE SAIS QUE C'EST BIZARRE.
MONTRE-MOI.
GNIP
PLAF
!!
COMMENT TU TE TOUCHES ?

AH
HAH
HAH
SHLP
PLIC
S'il me regarde comme ça...
SHLP
HAH
TU LÈCHES JUSTE ?
FOUIP
SHLIC
MHN...
FWP
C'est gênant...
SHLP
AH...
MHN...
SHLP
Mais...
HAH
GNIP
BRR
MHN ...
AHN...
SHLP
SHLIC
OUAH...
HAH
GNIP
FLAP
BRR
BRR
GNIP
T'AS PAS BESOIN DE MOI POUR ÊTRE SEXY...
AHN ...
MHN...
BRR

T'ES MIGNON, QUAND T'AS UN REGARD AUSSI LUBRIQUE...
HAH
AHN...
SHLIC
JE CROIS QUE J'AIME BIEN.
BABOUM
BABOUM
T'AIMES BIEN... ?
BABOUM
MH ?
SHLP
SHLIC
PLIC
CONTINUE.
SHLP
GNIP
BRR
MGN...
J'ai mal... entendu ?
HAH
GNIP
JE VAIS PAS POUVOIR ME RETENIR...
BRR
HAH
GNIII
GNIII
BRR
KOGANEI !
SHLP
AHN

BRR
HAH
BRR
GNIP
FOUIP
BRR
MHN...
D-DIS...
CRR
AHN...
ELLE EST SI DOUCE, TA VOIX...
AHN
TU GÉMIS COMME ÇA, QUAND T'ES TOUT SEUL ?
HAH
BRR
HAH
NON, C'EST...
BRR
HAH
HAA
C'EST FAUX, MAIS...
GNIP
POUIC
AHN
C'EST PARCE QUE TU ME...
tou...
TOU-CHES...
HAH
JE FAIS RIEN DU TOUT...
GNIP

AHN
Mais ...
Mais si...
BRR
SHLP
HAH
TU TE FAIS GÉMIR TOUT SEUL, COMME UN GRAND.
GNIP
SHLP
C'EST MARRANT, ON TE CROIRAIT PAS COMME ÇA AU PREMIER ABORD.
AHN
SHLP
PLIC
SHLP
AH
C'EST SYMPA...
HAH
BRR
AHN !
GNIP
SHLP
AHN
DE SAVOIR QUE JE TE METS DANS CET ÉTAT.
BRR
AHN
NON... !

SMACK
SMACK
GNIP
KOGANEI !
PAS ÇA...
JE VAIS JOUIR !
VAS-Y, JOUIS.
SHLP
AHN !
AHN
MHN
SHLP
BRR
BRR
KOGANEI !
HAH
KO-GA-NEI !
KO-GA-NEI !
SHLIC
SHLP
HAA
SPLURT
BRR
AAHN !

AH...
MHN...
SPLURT
SPLURT
HAH
AH...
HAH

FLAP
TON… TON VISAGE !
FOUIP
J'AI VISÉ SON VISAGE SANS FAIRE EXPRÈS…
C'EST MIEUX QUE DE LE FAIRE SEUL, NON ?
POF
OUI…
TANT MIEUX.
Ah…
Il a trop la classe…
BABOUM
Comment je vais m'en sortir ?
TAP
JE VAIS ME LAVER LES MAINS.

IL AIME BIEN ÇA ?
Peut-être ?
ÇA CRAINT...
FRSH
AH !
FRSH
Il est passé où, au fait ?
SHHHH
JE PENSAIS QU'IL SE LAVAIT LE VISAGE.
CLAC
TAP
T'ÉTAIS AUX TOILETTES ?
OUAIS.
JE ME SUIS TOUCHÉ EN PENSANT À TOI.
HEIN ?
BABOUM
BAH OUI.
C'EST EXCITANT, D'AVOIR UN TEL SPECTACLE SOUS LES YEUX.
HEIN ?
MAIS NON !!
BABOUM

SI C'EST POUR LE FAIRE TOUT SEUL...
JE ME SUIS FAIT AVOIR FACILEMENT.
Tu t'es fait avoir ?
TU M'AS MIS DANS LE MOOD SANS QUE JE M'EN RENDE COMPTE.
FRSHHH
ばしゃばしゃ
HEUREUSEMENT QU'ON SE CALME, UNE FOIS QU'ON A FINI.
À ses yeux...
C'EST CHIANT, QUAND NOTRE CORPS DÉCIDE POUR NOUS. TU TROUVES PAS ?

Ça vaut même pas le coup de passer une nuit ensemble ?
OUI, T'AS RAISON...
TAP
JE ME SUIS LAISSÉ ALLER.
NIYA ?
OUBLIE TOUT CE QUE T'AS VU !
CLAC
ばたんっ
COMME SI JE POUVAIS...
FLAP
ずる
REPRENDRE MON CALME !

Il fait la gueule pour un rien.

Larmes de smegma

Suivez leur histoire dans le premier tome de «Sous mes caresses».

Episode 3

hair salon
GUSH
VWOUUUU
QUAND TU M'AS DIT QUE VOUS VIVIEZ DANS LE MÊME IMMEUBLE...
J'AI COMPRIS À TA VOIX QU'IL S'ÉTAIT PASSÉ QUELQUE CHOSE.
Quelque chose qui y ressemble, oui.
C'était...
ENCORE PLUS MAINTENANT QUE TU TIRES LA TRONCHE.
NIYANO, T'AS COUCHÉ AVEC LUI ?

MAIS ...
JE N'ATTENDS RIEN DE LUI, TU SAIS ?
JE VAIS PROFITER DE CE QU'IL ME LAISSE AVOIR, C'EST TOUT.
FOUIP
AH OUI ?
TU CHERCHES SEULEMENT À T'AMUSER, DANS CE CAS ?
SNIP
SNIP
SNIP
C'EST VRAI QUE ÇA DIFFÈRE DE TES ANCIENNES RELATIONS.
TON MEC À LA FAC TE MANIPULAIT PAS MAL, MÊME S'IL ÉTAIT GENTIL...
ET C'ÉTAIT PAREIL AVEC TA COPINE.

FRSH
TU TE FAIS TOUJOURS MENER PAR LE BOUT DU NEZ, MAIS CETTE FOIS TU L'AS CHOISI.
CLAC
ÇA PAPOTE ENTRE BOTTOMS ?
KAZU !
À vrai dire ...
moi aussi, j'aimerais pouvoir trouver un partenaire sur lequel me reposer.
TIENS, C'EST POUR TOI NIYANO.
UN CADEAU D'ANNIVERSAIRE EN AVANCE.
C'ÉTAIT QU'UNE PROPOSITION, ET PUIS C'EST TOI QUI L'AS ACHETÉ, KAZU !
MERCI.
C'est du vin ?
AKI L'A CHOISI, IL NE PEUT QU'ÊTRE BON.

Après tout, je dis vouloir m'amuser avec Koganei...
Mais je suis amoureux.
CLAC
Et surtout, je suis effrayé.
Je n'arrive même pas à lui envoyer un message sans paniquer.
Tout est prêt. Je t'attends !
J'arrive.
TAP
J'arrive
tout de suite
Je pense trop à ce qu'il s'est passé.
Koganei ne fait que suivre ses envies sur le moment...
Rien de plus.
RIEN DE PLUS...
TAP
AH !
Ma main a glissé, j'ai envoyé un sticker bizarre.
rien
ne va
Faut que je l'efface...
IL L'A VU !

ne va
PING
PING
Comment ça ?
BABOUM
Il a répondu...
MA MAIN A GLISSÉ, DÉSOLÉ !
C'EST PAS GRAVE. IL EST MARRANT, TON STICKER.
Ah...
Il a pris son portable en main pour me répondre...
C'est étrange...
Mais ça me fait plaisir.
VRR
HAH
ON AVAIT PAS PARLÉ DEPUIS L'AUTRE JOUR...
Merci à ma main d'avoir glissé !

Koganei
VRR
Il m'appelle !
VRR
BABOUM
OUI...
BABOUM
ALLÔ ?
À plus...
Je t'appelle, vu que tu répondais plus.
T'es rentré soudainement, l'autre jour.
Je me suis demandé si tu boudais.
Il s'inquiétait à mon sujet...
ne serait-ce qu'un peu.
BABOUM
MAIS NON, VOYONS.
BABOUM
Heureusement qu'on se calme, une fois qu'on a fini.
J'étais triste de le voir si serein...
Ça m'avait aussi embarrassé.

Ben alors ?
T'as l'air triste, Niya.
JE PEUX PAS LUI DIRE ÇA.
Il s'inquiète pour moi...
Mais...
Tu veux que je vienne ?
BABOUM
HEIN ?
PAR...
Pardon !
BABOUM
Je suis pas chez moi…
BABOUM
Pourquoi je m'excuse ?
MAIS J'EN AVAIS MARRE DE MES AMIS QUI FONT QUE SE DRAGUER.
DIS DONC...
J'ÉTAIS JALOUX, JE SUPPOSE QUE ÇA S'EST ENTENDU !
ET POURQUOI JE LUI RACONTE ÇA ?
JE VOIS.
AAARGH
Dans ce cas...
Tu veux qu'on fasse pareil demain ?

!?
POURQUOI T'ES AU COURANT DE MON ANNIVERSAIRE ?
0725 niyanot
C'est marqué dans ton pseudo.
0725.
Il laisse rien passer ce prince !
OUAH...
Tu veux quelque chose de parti-culier ?
.....!
J'AIMERAIS BIEN QU'ON JOUISSE ENSEMBLE, CETTE FOIS.
Ouah, t'as du cran !
Au moins ...
Je suis capable de dire ces mots.
Je sais bien que c'est impossible.
Ce que je veux, c'est ton cœur...
CETTE FOIS...
JE RIGOLE.
D'accord.

On se voit demain.
BABOUM
HÉ !
PLOF
BABOUM
HAH
BABOUM
J'AI BEAU DIRE QUE JE VEUX JUSTE M'AMUSER...
MON COEUR EST PAS D'ACCORD...
DIS DONC !
BIEN JOUÉ !
FWOUSH
びょん
OFF
びょん
ÇA ME RASSURE.
ÇA TE RESSEMBLAIT PAS !
ET PUIS, MÊME SI C'EST UN PRINCE...
C'EST PAS ÇA QUI VA DICTER TES SENTIMENTS.

JE TE CONSOLERAI LE MOMENT VENU.
Et raconte-moi tout !
PROFITE BIEN DE TON ANNIVERSAIRE, EN ATTENDANT !
Que je profite... ?
C'est plutôt lui qui va en profiter, oui.
NIYANO.
JE COMPTE SUR TOI POUR LA RÉUNION.
OUI !
Koganei va m'accorder de son temps.
Je vais pouvoir passer quelques heures avec mon prince...
TU TIENS BIEN L'ALCOOL, NIYANO !
Un anniversaire de rêve.
TU VEUX UN AUTRE VERRE ?
Il faut que je réponde à ses attentes.

ELLE ÉTAIT LONGUE, LA RÉUNION...
ON M'A OFFERT PLEIN DE TRUCS QUAND J'AI PARLÉ DE MON ANNIVERSAIRE.
CLANG
CLANG
J'ai trop bu...
J'espère que je pourrais me lever demain matin.
CLANG
Faut que je mette un réveil...
FOUIP
HAH
OUAH, J'AI PLEIN DE MESSAGES...
CLANG
AH...
C'est mon anniversaire.
BABOUM
Koganei m'a envoyé un message ...
BON ANNIV
Merci ! Je suis en train de rentrer du boulot.
TAP
BABOUM
À MINUIT PILE.
IL EST TROP GENTIL...
VRR

J'arrive, dans ce cas.
HEIN ?
HAH
...!
HAH
SALUT.
SA... SALUT.
T'AS PLEIN D'AFFAIRES, DIS DONC.
J'ÉTAIS SORTI BOIRE AVEC DES COLLÈGUES, ET LE PATRON M'A OFFERT ÇA POUR MON ANNIVERSAIRE.
...
AH !
C'ÉTAIT JUSTE UNE RÉUNION !

HA HA !
ON DIRAIT UN VIEUX PERVERS QUI CACHE SES COUCHERIES.
CLAC
ガチャ…
POF
JE CONNAIS SURTOUT TON CÔTÉ MIGNON.
C'EST MARRANT DE VOIR QUE T'ES BIEN UN ADULTE.
BON ANNIVERSAIRE.
TIENS, TON CADEAU !
!
Prends-le.
T'AS DÉJÀ REÇU DE MEILLEURS CADEAUX ON DIRAIT, MAIS BON...

MERCI !
OUAH
わあっ!
IL Y A RIEN DE MIEUX QUE DE RECEVOIR TON CADEAU !
ÇA ME FAIT PLAISIR !
TES CHEVEUX ...
TU LES AS COUPÉS ?
FOUIP
さら…
BRR
ビク
BABOUM
どきんっ…
OUI, MAIS...
BABOUM
とくん..
ÇA VA REPOUSSER.
BABOUM
とくん..

FOUIP
BRR
どくん..
BABOUM
どくん
QU'EST-CE QU'IL Y A ?
BABOUM
どくんっ..
BEN, JE...
BABOUM
どくん..
J'AI CRU QUE TU ALLAIS...
M'EMBRA...
MHN
FOUIP
BABOUM
GNIP
M'embra... sser...
HAH

C'est le cas.
ON VA JOUIR ENSEMBLE, AUJOURD'HUI. NON ?
BABOUM
BABOUM
OUI...
C'EST VRAI.
BABOUM
MAIS...
EN-SEMBLE, C'EST...
OUVRE LA BOUCHE.
HAH
BRR
HAH
BIEN, BON GARÇON...

SMACK
MHN...
AH ...
Si on se met...
à faire ça tout à coup...
PAF
CLINK
BRR
AH... NON ...!
PLAF
J'AI PAS ENCORE PRIS...
CLIC
BABOUM
MON BAIN...
JE SUIS SALE.
BABOUM
FLAP
LAISSE-MOI TE LAVER, DANS CE CAS.
BABOUM
CLAC

J'ai les mains qui tremblent, j'arrive pas à me déshabiller ...
FWOUP
FRSH
!!
DÉSOLÉ, J'AI PAS FINI DE...
HAH
BRR
BRR
BRR
TU PEUX GARDER TA CHEMISE.
FSHHH
ENLÈVE SEULE-MENT LE BAS.
ET RE-TOURNE-TOI.
FSHHHH
BABOUM
HAH
C'est gênant ...
HAH
BABOUM
BRR

TIENS-MOI ÇA.
et excitant.
HAH
FSHHHHH
SHLIC
BRR
SHLIC
SHLP
NON.
BRR
BRR
GNIP
JE PEUX...
LE FAIRE TOUT SEUL !
AAHN !
AH... AHN !
JE M'OCCUPE DE TE LAVER. T'AS DÉJÀ OUBLIÉ ?
AHN... AH !
SPLASH
AH !
BRR
SHPLAF

AHN...
AH !
AH !
SPLASH
SPLASH
BRR
ぴく
SGLP
BRR
ぴく
MHN !
GNIP
CHUCHOTE
T'ES BEAUCOUP TROP SEXY...
HAH
MHN... ?
HAH
BRR
ビクッ
GNIP
AHN !
BRR

NON... !
SHLP
SHLIC
SHLP
SHLP
FSHHH
KOGA-NEI !
BRR
HAH
FSHHHH
HAH
SPLAF
T'ES BIEN ASSEZ PROPRE.
HAH...
FSHH
PARDON...
HAH
Son front ...
Une cicatrice ?
PLUC
PLASH

CRR
ギシ
VIENS, ON VA AU LIT.
PLIC
Enfin ...
Je vais enfin coucher avec Koganei.
SHLP
PLIC
とろお♡
MHN...
AH !
BRR
BRR
HAH
HAH
はぁ
PAS BESOIN DE TE CACHER...
BRR
SHLIP
くい

PFF
ENFIN, C'EST VRAI...
QUE C'EST PAS MAL NON PLUS.
GNIP
AHN ...
J'arrive même pas à garder la face...
KOGA-NEI...
KOGA-NEI...
KO-GANEI !
BABOUM
BABOUM
HAH
Mon corps ne pense qu'à lui... !
BABOUM

AHN ...
SHLP
GNIP
IL ME PÉNÈTRE...
GNIP
SHLP
BRR
BRR
KOGANEI ME PÉNÈTRE... !
AHN
BRR
HAH
HAH
BRR
HAH
BRR
NIYA, EN FAIT...
AHN HAH
HAH
TU VÉRIFIES SI JE TE PÉNÈTRE BIEN ?
SHLP
AHN
GNIP
SHLIC
GNNIP
PLIC
SHLP
AHN !
BRR

T'ES TROP MIGNON...
AU MOINS, T'ES SÛR DE SAVOIR QUI TU BAISES...
GLOUPS
AHN

JE VEUX VOIR...
HAH
はっ
AH
AHN
BRR
BRR
BRR
BRR
SHUP
SHLIC
HAH
EN-SEMBLE !
AGH
うぐっ…
AU FOND ...
HAH
SHLIC
HAH
C'EST SUPER BON... !
GNN
GNN
BRR
TOI...
ET MOI, ENSEMBLE...
ON COUCHE ENSEMBLE... !
BRR
BRR
AHN
SHUP
AHN
AH

HAH
FOUIP
HAH
TA VOIX...
SMACK
PAS BESOIN DE LA RETENIR.
MHN
PLAF
JE VEUX JOUIR EN ENTENDANT TA VOIX, NIYA.
PLAF
SHLP
AHN

KOGANEI !
AHN
BRR
AHN
TA VOIX EST EXCITANTE ...
PLAF
SHLP
CRR
HAH
CRR
PSPLAF
SHLP
PLAF
HAH
C'EST FOU.
AHN !
ÉCOUTE ...
SHLP
SHLIC
LES SONS QUE JE TIRE DE TOI.
BRR
AHN
BRR
BRR
AH
AAHN
ON VA JOUIR ENSEMBLE, NE L'OUBLIE PAS.
SPLAF
AHN
AH
SHLP
SPLAF
J'AI ENVIE !
C'est bon !
JE VEUX JOUIR !
HAA
SPLAF
SPAF
KOGANEI !
AHN

SPLURT
HAH
KOGANEI...
HAH
HAH
BRR
AHN
HAH
HAH
TU AS JOUI...
HAH
DEDANS, OUI.
SANS ME RETIRER DE TOI.
BRR

MAIS C'ÉTAIT CLAIREMENT PAS ASSEZ.
BABOUM
GLOUPS
VIENS SUR MOI.
MHN...
AHN !
BRR
BRR
BRR
BRR
HAH
FWOUP
JE SAIS PAS QUOI FAIRE...
PLAF
JE TREMBLE DE PAR-TOUT...
PLAF
AH
PLAF
AHN
AHN
SHLIC
PLAF
PAF
TU TE DÉ-BROUIL-LES BIEN.
SHPLAF
AHN
CRR
CRR

FAIS-MOI JOUIR, NIYA.

HAH
Et puis...
pas qu'une fois...
ON L'A TELLEMENT FAIT...
ET J'EN AI ENCORE ENVIE...
SHLP
Je ne me souviens plus trop de la fin...
mais je sais qu'il a joui, lui aussi.

T'ES UN PEU FORCEUR TOUT EN RESTANT GENTIL...
JE SAIS PAS QUOI PENSER...
À ses yeux...
FIOU
je ne suis qu'un coup d'un soir.
MHN
FLAP
BABOUM
Mais rien qu'aujourd'hui...
JE ME DEMANDE S'IL VOUDRA BIEN ME PARLER DE SA CICA-TRICE...
Je veux bien me laisser avoir un peu plus.

C'EST MOI QUI CUISINE, AUJOURD'HUI. RESTE TRANQUILLE !
T'ES SÛR ?
AH...
IL VOULAIT CUISINER POUR MOI, MAIS FINALEMENT NON...
IL A SÛREMENT OUBLIÉ, MAIS LE CONNAIS-SANT...
PAR-DON !
IL EST TROP MIGNON, QUAND IL PANIQUE...
PFF
JE VAIS ME TAIRE, JE POURRAIS L'UTILISER POUR AUTRE CHOSE.
Pourquoi tu souris ?

Tu m'avais jamais montré un tel sourire, avant...
Pourquoi j'aurais dû te le montrer ?

SPLASH
PLIC
PLOC
TIENS, UNE SERVIETTE.
MERCI.
OUAAAH
!...
BABOUM
TROP CLASSE...
BABOUM
BABOUM

Episode 4

AH...
JE ME DEMANDAIS POURQUOI TU ME REGARDAIS.
C'EST LA CICATRICE ?
FWOUSH
わしゃ
!!
Je te regardais juste parce que t'es beau...
Pardon.
JE ME DEMANDAIS CE QU'IL T'EST ARRIVÉ.
C'est pas grave.
C'EST PAS UNE BLESSURE NORMALE, APRÈS TOUT.
C'EST CHIANT D'EXPLIQUER À TOUT LE MONDE...
ALORS JE ME FAIS UNE PERMANENTE POUR LA CACHER, D'HABITUDE.
!!
JE PENSAIS QUE C'ÉTAIT NATUREL.
NAN, J'AI LES CHEVEUX LISSES AU NATUREL.

LES CHEVEUX LISSES...
FWOUSH
ÇA DOIT ÊTRE SUPER BEAU !
MAIS SINON, NIYA.
TA TENUE.
TAP
TU COMPTES ALLER BOSSER ?
HEIN ?
OUI.
MAIS TA VOIX...
ELLE EST ENCORE BIEN CASSÉE.
ÇA VA PAS ÊTRE ÉVIDENT.
AH

ドキッ
BABOUM
ドキッ
Mais... C'EST UN PEU DE MA FAUTE.
Hier...
j'en ai perdu la voix, à force de gémir.
boulot
ALLÔ ? C'EST NIYANO.
JE SUIS MALADE...
Eh ben, quelle voix !
JE PENSAIS PAS GAGNER UN JOUR DE REPOS SI FACILEMENT...
わあああっ
OUAAH
Désolé ! On aurait pas dû t'emmener boire, hier soir.
C'est le week-end demain, de toute façon. Repose-toi bien !
J'AI BIEN FAIT DE PARTICIPER À LA RÉUNION, HIER.

HEIN ?
T'ES PAS ALLÉ FÊTER TON ANNIVERSAIRE AVEC QUELQU'UN D'AUTRE ?
JE PENSAIS QUE T'AVAIS MENTI.
MAIS NON
J'AI PERSONNE, MOI !
FWOUSH
ぶん
ぶん
T'AS PEUT-ÊTRE PAS L'HABITUDE PARCE QUE T'ES POPULAIRE...
MAIS PERSONNE NE ME FÊTE MON ANNIVERSAIRE, D'HABITUDE.
ET PUIS...

TOI...
TU SAIS BIEN...
DE QUI JE SUIS AMOUREUX.
HAH
SMACK
HAH
MOI ?

VIENS, ON SORT TOUS LES DEUX.
GNIP
BABOUM
!
TOUS LES DEUX ?
IL FAIT BEAU.
BABOUM
BABOUM
J'ai bien fait de pas aller bosser !
ON L'A FAIT PLEIN DE FOIS, ALORS ON VA Y ALLER DOUCEMENT.
!!
OUAH
GNIP
DINOSAURES

BLA
Et les gros dinosaures ?
Y A DU MONDE, POUR UN JOUR DE SEMAINE...
Ah, je le vois !
Le t-rex ?
BLA
Il en reste à gauche !
ÇA FAIT UN BAIL QUE J'AI PAS VISITÉ UN MUSÉE...
GNIP
TU L'AS MIS ?
AH...
EUH...
MH...
FLAP
J'ÉTAIS HEUREUX QUE TU M'OFFRES QUELQUE CHOSE...

DÉSOLÉ …
JE L'ENLÈVE.
GARDE-LE.
ÇA ME DONNE L'IMPRESSION QUE T'ES À MOI.
BABOUM
HEIN ?
JE PENSAIS…
QUE TU DÉTESTAIS ÇA.
?
Il m'a pris… la main…
T'AS L'AIR DE VOULOIR RESTER LIBRE…
DU COUP JE ME DISAIS QUE TU VOULAIS PAS TE RESTREINDRE.
Ouah !
Trop bien !
JE VOIS.
TU PENSES VRAIMENT TOUT SAVOIR DE MOI, NIYA ?

T'ES AMOUREUX DE MOI...
MAIS TU RESTES À DISTANCE.
BABOUM
!
ON DIRAIT UN PETIT CHIEN QUI ATTEND AU LOIN, SANS OSER S'APPROCHER.
UN PETIT CHIEN... ?
COMMENT T'AS FAIT AVEC TON ANCIEN MAÎTRE ?
BAH...
RIEN DE SPÉCIAL.
JE VOULAIS PAS ME FAIRE DÉTESTER ALORS JE L'ÉCOUTAIS...
COMME AVEC TOI, KOGANEI.
TU FAIS ATTENTION À MES SENTIMENTS...

PFF
!!
SURSAUTE
KOGANEI !
JE SUIS PAS TOUJOURS GENTIL, TU SAIS.
GNIP
JE VAIS FAIRE EN SORTE QUE TU PUISSES TOUJOURS ME PARDONNER.
BABOUM
QUAND ON EST AMOUREUX DE QUELQU'UN...
N'IMPORTE QUI SERAIT HEUREUX DE SUBIR ÇA.
BABOUM

N'IMPORTE QUI ?
JE SUIS PAS D'ACCORD.
JE PARLE DE TOI, NIYA.
PAR EXEMPLE, MA CICATRICE...
ELLE T'INTRIGUE, MAIS TU ME DEMANDES RIEN.
!!
MAIS...
JE PRÉFÈRERAIS QUE TU ME DEMANDES DE BUT EN BLANC, PLUTÔT.
ぶんぶん
FWOUSH
Ça m'intrigue, oui...
Mais c'est pas comme si tu voulais sortir avec moi.
Alors demande-moi.
TU VEUX SAVOIR ?
OUI

UN AMI M'A COUPÉ AVEC UN CUTTER, AU COLLÈGE.
MAIS APPAREMMENT, J'ÉTAIS LE SEUL...
À PENSER QUE C'ÉTAIT MON AMI.
LUI, IL M'AIMAIT AU POINT...
DE VOULOIR ME TUER.
L'AMOUR PEUT CACHER BIEN DES CHOSES.
JE VOULAIS PAS CREVER...
ALORS J'AI PRÉFÉRÉ NE M'ATTACHER À PERSONNE, DEPUIS.
......

MAINTENANT...
ÇA COMMENCE À ME FATIGUER.
ET PUIS MON POTE S'EST TROUVÉ UN COPAIN.
JE LES VOIS ROUCOULER TOUS LES JOURS.
C'EST SUPER CHIANT...
MAIS EN FAIT...
C'EST PAS PLUS MAL.
À TEL POINT QUE...
MOI AUSSI...
JE ME DIS QUE J'AIMERAIS BIEN VIVRE ÇA, À UN MOMENT DONNÉ.

GNIP
ÇA VA ALLER.
KOGANEI, T'ES INCROYABLE.
TU VAS FORCÉMENT TROUVER QUELQU'UN QUI L'EST TOUT AUTANT !

POURQUOI TU PLEURES ?
PARCE QUE...
C'EST DOULOUREUX, DE RETENIR SES SENTIMENTS DE LA SORTE...
PLIC
PLIC
MAIS JE COMPRENDS TON AMI...
SI TU T'Y METS SÉRIEUSE-MENT...
TU PEUX FAIRE FONDRE N'IMPORTE QUI.
JE TE PENSAIS PAS CAPABLE DE DIRE QUE TU ÉTAIS INCROYABLE.
C'EST ÉTONNANT.
TU PENSES ?
AH...
NON !
JE PARLAIS PAS DE MOI !
MAIS DE QUELQU'UN QUE TU RENCON-TRERAS !
ROUGIT
TU RESTES AVEC MOI JUSTE PARCE QUE C'EST MON ANNIVERSAIRE...
Ah...

PLAF
KOGANEI ?!
ON VOIT RIEN, Y A TROP DE MONDE. AUTANT SORTIR.
カラオケ
大広場

MERCI POUR TOUT À L'HEURE...
C'EST GÊNANT POUR UN ADULTE DE PLEURER EN PUBLIC, APRÈS TOUT...
C'EST PAS POUR ÇA.
JE REFUSE JUSTE QUE QUELQU'UN D'AUTRE TE VOIE AINSI.
BABOUM
MANGEONS AVANT QUE ÇA REFROIDISSE.
BABOUM
J'ai presque envie de me laisser avoir par ses paroles, depuis tout à l'heure...

NOM
EN TOUT CAS, C'EST LE MEILLEUR DES CADEAUX.
POLIC
!!
TU PENSES ENCORE À UN TRUC DÉBILE.
NOM
JE COMMENCE À TE CONNAÎTRE, MAINTENANT.
JE...
JE SUIS PAS INTÉRESSANT, T'EMBÊTE PAS AVEC MOI !
TU PENSES ?

JE DIS RIEN D'IN-TÉRES-SANT…
Mais oui !
HA HA HA
ET JE ME LAISSE JUSTE PORTER, J'AI AUCUNE INITIATIVE.
PFA HAHA
C'EST PAS CE QUE DEVRAIT DIRE LE MEC QUI S'EST ENFONCÉ UN SEXTOY DANS LE CUL.
FRSH
!!
C'ÉTAIT…
MAIS…
QUELQU'UN A BIEN DÛ T'APPRENDRE QUE C'ÉTAIT AGRÉABLE.
C'ÉTAIT…
BIEN AVANT QUE JE TE RENCONTRE, KOGANEI…
JE N'Y CONNAISSAIS RIEN ET… IL ÉTAIT UN PEU PLUS ÂGÉ QUE MOI…
Ne t'énerve pas, Koganei…

Ça va me donner de l'espoir.
TU VEUX VRAIMENT ME PARLER DE TA PREMIÈRE FOIS ?
EH BEN.
KOGA-NEI !
POF
T'EN FAIS TROP POUR MON ANNIVERSAIRE !
ÇA TE RESSEMBLE PAS D'ÊTRE JALOUX !
JE SAIS QUE C'EST UNE BLAGUE, MAIS JE VAIS FINIR PAR ME FAIRE AVOIR !
VAS-Y DOUCEMENT SI TU NE VEUX PAS QUE JE ME MÉPRENNE.

TU TE MÉPRENDS ?
IL SAIT DE QUOI JE PARLE...
De quoi tu parles ?
J'EN VEUX UNE AUTRE.
METS DU KETCHUP DESSUS.
ÉVIDEMMENT...
C'EST PAS COMME SI TU M'AIMAIS...

TU COMPTES ME POIGNARDER DE FRUSTRATION ?
ÇA ME DÉRANGERAIT PAS, SI C'ÉTAIT TOI.
Il m'écoute pas, ma parole !
Tiens.
Ouvre grand.
GLOUPS
T'ES MÉCHANT...
NOM
Il se moque encore de moi...

Enfin, je ne déteste pas ça non plus...
REVENEZ VITE !
LAISSE-MOI TE PAYER LE RESTO, C'EST TON ANNIVERSAIRE.
J'AI UN TRAVAIL, MOI !
DIS DONC !
ME TRAITE PAS COMME UN GOSSE !
OUAH
C'ÉTAIT BON...
Je suis content d'apprendre à le connaître...
Contrairement à l'adoration que j'avais...
Maintenant, ça me réconforte.
JE ME SUIS BIEN AMUSÉ, AUJOURD'HUI.
MERCI.

C'ÉTAIT LE MEILLEUR DES ANNIVERSAIRES.
C'EST À MOI DE DIRE ÇA !
LA JOURNÉE EST PAS FINIE, TU SAIS.
OUI, MAIS...
ON ARRIVE À LA MAISON.
ALORS JE VOULAIS TE LE DIRE UNE DERNIÈRE FOIS...

JE T'AIME.
AUJOUR-D'HUI...
LE FAIT QUE TU M'AIES INVITÉ...
QUE TU M'AIES TAQUINÉ, ET TOUT...
BABOUM
JE ME SUIS BIEN AMUSÉ.
JE REDEVIENDRAI L'UN DE TES FANS DEMAIN...
ALORS EST-CE QUE TU VEUX BIEN...
M'EMBRASSER UNE DERNIÈRE FOIS ?

PLAF
グイッ
!?
BABOUM
ダンッ
RAH...
DE QUOI TU PARLES ? UN SIMPLE FAN ?
BAH...
JE TE REGAR-DERAI DE LOIN, ET...
T'ES VRAIMENT IDIOT, NIYA...

PROFITE DU BAISER ET TAIS-TOI.
HAH
BRR
BABOUM
BABOUM
D'ACCORD ?
AH...
EUH...
ALLEZ, COURAGE POUR LA PROCHAINE FOIS.
POF
Hein ?
JE PENSAIS QUE T'AURAIS COMPRIS...
La prochaine fois ?

ALORS CETTE FOIS...
VAS-Y À FOND.
À FOND... ?
HEIN ?
OUAIS.
??????
ALORS ?
AH...
D'ACCORD !
COMME JE TE LE DISAIS, JE T'AIME !
C'EST PAS SUFFISANT.

ÇA DEVRAIT POURTANT L'ÊTRE !
JE SUIS À FOND !
SI JE CONTINUE, JE VAIS MOURIR !
DIS-LE AVEC L'INTENTION DE ME BUTER, DANS CE CAS.
GNIP
FAIS-MOI COMPRENDRE QUE JE T'APPARTIENS.

ET CETTE FOIS, C'EST À TOI DE M'EMBRASSER.
HÉ HÉ
Koganei...
BABOUM
Dis-moi...
BABOUM
Sa main...
Son doigt...
BABOUM
BABOUM
BABOUM
POC
POC
Qu'est-ce que...
JE VAIS RÉÉCRIRE...
TOUTES LES RÈGLES DE TON ANCIEN MAÎTRE.
tu veux dire ??

Quand il était au collège, Koganei...
Hein ? Hein ??
Tu veux t'battre ?
Ben alors, t'es mignon toi !
Était encore plus petit, mais il avait du cran. Beaucoup de cran. Et on l'emmerdait pas mal.
Mais ...
AAARGH
OUARGH
Il était fort et il envoyait tout le monde valdinguer.
SPLAF
Et tout le monde tombait amoureux.
Tenchi est apparu à ce moment.
Koganeiiiii !

Je veux tomber amoureux et guérir.
Peu après avoir fait ce vœu...
j'ai rencontré Koganei, le prince de mes rêves.
Je suis tombé amoureux immédiatement...
de lui et de son érotisme.
Je ne voulais pas souffrir...
mais je lui ai confié mon corps et mon cœur.
AHN
AH
SPLAF
SPLAF
SHLP
Et alors que je pensais me contenter de sentiments non réciproques...
Allez.
Vas-y à fond.

EPISODE 5

C'EST LEQUEL, TON SEXTOY PRÉFÉRÉ ?
EUH, BEN...
Ma boite à sextoys !
ROUGIT
SI TU RÉPONDS PAS, ON VA TOUS LES ESSAYER UN À UN.
HÉ HÉ
GLOUPS
Il est mignon ... en plus d'avoir la classe...
AHN
PLIC
VRR
VRR
VRR
BRR
TES TÉTONS POINTENT DÉJÀ...
BRR
MHN
AHN
BRR
ET EN BAS AUSSI...
ÇA POINTE.
BRR
CLAC

APPRENDS-MOI À LES UTILISER, JE SAIS PAS FAIRE...
HEIN ?
BABOUM
JE SUIS SÛR QU'IL SAIT TRÈS BIEN...
HAH
SMACK
MHN
GNIP
VRRR
PLAF
LE JOUET VA SORTIR SI TU LE TIENS PAS...
HAH
VRRR
SHLIC
AHN
BRR
PLIC
BRR

AHN...
AH... AHN !
BRRR
SHPLIC
.....!
SHLIC
GNIP
AHN
KOGA-NEI...
JE TE VEUX, TOI...
MHN
HAH
NON...
AHN
AH
Je jouis ...
BRR
SPLURT
AH
AAHN
HAH
HAH
PLAF
T'AS JOUI...
HAH
BRR
BRR

C'EST GÊNANT D'ÊTRE LE SEUL EXCITÉ...
FWOUP
BABOUM
mais je suis content qu'il accepte de faire ça...
ET UN PEU TRISTE.
J'AIMERAIS TANT QU'IL VEUILLE LE FAIRE AVEC MOI...
FOUIP
OÙ EST-CE QUE TU T'ENFUIS ?
GNIP

TU PROFITES TOUT SEUL ? ET MOI, ALORS ?
GNIP
!!!
CRR
M-MAIS...
KOGA-NEI...
TU DIS RIEN...
T'ES LENT...
TU ME FAIS PAS CONFIANCE ?
CRR

CROIS EN TOI.
GNIP
BRR
SHLP
SHLP
REGARDE.
FLAP
HÉ HÉ
BABOUM
BABOUM
IL BANDE...
BABOUM
JE VAIS DEVENIR FOU À FORCE DE TE REGARDER FAIRE, NIYA...
BABOUM
BABOUM
BABOUM
AAAARGH
RÉCON-FORTE-MOI...
PFAHA
C'EST SOUDAIN...
BEN...

BABOUM
TU PEUX LE FAIRE...
NIYA.
BABOUM
BRR
SMACK
.....
SMACK
HAH
AAHN
SMACK
SHLP
JE TIENS PAS...
J'AI PERDU, ON DIRAIT.

Finalement...
j'aurai encore abandonné mon corps à Koganei.
Tu me fais pas confiance ?
C'EST CE QU'IL PENSE ?
J'étais si peu sûr de moi que j'ai même pas pris le temps de penser à lui...
J'aimerais qu'il comprenne que je lui fais confiance.
Aujourd'hui, je vais être sincère !
MAIS...
JE SAIS MÊME PAS SI ON VA SE VOIR, CE SOIR.
Rah, c'est justement ça le problème !
GRAAAAH

VRR
C'EST UN RENDEZ-VOUS ?
Bizarre ?
BABOUM
BABOUM
http://g.no/omn/Mn...
chin chin cafe
address 〒100-0001 Tokyo
Koganei !
Je t'attends ici ! Le serveur est bizarre mais ils cuisinent super bien.
BABOUM
Il faut que je sois un peu plus entreprenant, comme lui.
BABOUM
BABOUM
OK!
Un rendez-vous ? Trop bien.
BABOUM
RAH, C'EST GÊNANT...
BABOUM
RIEN QU'UN SMS, ÇA ME STRESSE...
Et si c'est pas un rendez-vous ?
HAH
Merde...
Je vais jamais pouvoir me concentrer, j'ai trop hâte d'être à ce soir.
chin chi Cafe

BIENVE-
NUE.
PRENEZ PLACE OÙ VOUS VOULEZ.
Ouah, ils sont originaux.
AH.
Le garçon qui était avec Koganei...
C'est vraiment un beau garçon...
Trop bon !
Non, c'est pas le moment de nous comparer !
Je suis moi !
Vous voulez boire quelque chose ?
J'attends quelqu'un, je vais me retenir pour le moment.

SAYAMA !
T'AS ENFIN AMENÉ TON COPAIN ?
TAP
Quel beau garçon...
ALORS C'EST TOI WAKA, L'ANCIEN BOTTOM QUI PREND SOIN DE NOTRE AMI !
JE PEUX TOUJOURS M'OCCUPER DE TOI !
NON MERCI.
JE LA METS À TEN ET À PERSONNE D'AUTRE.
GNIP
NO
QU'EST-CE QUE TU RACONTES ?
Alors il a déjà quelqu'un ?
ÇA ME RASSURE...
HAH
Y A PLUS IMPORTANT !
KOGANEI EST BIZARRE, CES DERNIERS TEMPS !

IL BRILLE PLUS QU'AVANT !
IL TIRE UNE SALE GUEULE MAIS IL A L'AIR DE S'AMUSER !
T'ES AU COURANT D'UN TRUC ?
QUI SAIT, IL NE VIENT PLUS BEAU-COUP.
IL S'EST PEUT-ÊTRE TROUVÉ QUELQU'UN ?
SURSAUTE
ÇA SERAIT ...
MOI ?
BABOUM
BABOUM
NON, QUAND MÊME PAS.
T'ES SON AMI, TU POURRAIS LUI DEMANDER DIRECTEMENT.
NON !
ET PUIS IL MONTRE JAMAIS SES ÉMOTIONS.
GRMBL
GLOUP
J'en peux plus.
BABOUM
Il me les montre, à moi...
Ouah ...
BABOUM
At-tends un peu.
IL A LA CLASSE ET TOUT LE MONDE DIT QUE C'EST UN PRINCE, MAIS BON...
BABOUM
TU L'APPELLES ENCORE COMME ÇA ?
BABOUM
En fait...

MAIS NON, JE SUIS À TOI MAINTENANT !
CLAC
KOGA-NEI !
ON PARLAIT JUSTEMENT DE TOI.
PLAF
T'AS PAS TROP ATTENDU ?
POF
HEIN ?
AH.
BABOUM
NON...
Ils nous regardent tous !
ZIEUUUUUTE

IL A CASSÉ DU SUCRE SUR MON DOS ?
À quoi tu penses ?
PAS DU TOUT. IL VIENT À PEINE D'ARRIVER.
BABOUM
AAARGH
IL N'A ENCORE RIEN COMMANDÉ PARCE QU'IL T'ATTENDAIT.
IL EST MIGNON, HEIN ?
PER-SONNE NE L'AURA, IL EST À MOI.
!!
Qu'est-ce que tu racontes ?
KO-KOGANEI ...
Ah...
Euh...
IL SOURIT TOUT LE TEMPS COMME ÇA, CES DERNIERS TEMPS !
Du riz sauté, s'il te plaît.
LA FERME, SAYAMA.
MH ?
TU PEUX COMMANDER CE QUI TE PLAÎT.
RE-GARDE SA TÊTE !
Mh ?
HÉ HÉ
BABOUM

T'as les cheveux tout doux !
ARGH
JE L'AI JAMAIS VU DRAGUER QUELQU'UN AUSSI OUVERTEMENT ...
ET L'AUTRE A L'AIR TOUT TIMIDE...
TU LE REGARDES UN PEU TROP À MON GOÛT...
BAH QUOI..
SUPER CONCENTRÉ
... AH.
C'EST PAS LE MEC QUI VIT DANS TON IMMEUBLE ?
AH
AH... OUI.
PAF
J'EN ÉTAIS SÛR !
ON S'EST DÉJÀ CROISÉS.
JE M'ÉTAIS DISPUTÉ AVEC WAKA ET J'AVAIS BU COMME UN TROU, KOGANEI M'AVAIT HÉBERGÉ.
T'inquiète pas.
IL S'EST RIEN PASSÉ ENTRE NOUS !
LA FERME...
HA-CHIMAKI.
FAIS-LE TAIRE.
グイッ
POF
Tu vois ? Il s'énerve.

KOGANEI ?
ON MANGE ET ON RENTRE.
Y A QUE MOI...
QUI AIT BESOIN DE TE VOIR.
Tiens, ton riz sauté !
BABOUM
BABOUM
GLOUPS
BABOUM
C'EST QUOI CE MARI RELOU ?
SI SEULE-MENT TU POUVAIS NE REGARDER QUE MOI, TOI.
Je pensais pas qu'il serait si différent avec moi et avec ses amis...
BABOUM
Je me sens nerveux...
BABOUM

Je suis vraiment heureux...
d'avoir pu découvrir ton monde.
SAYAMA PARLAIT DE TOI, AVANT QUE TU N'ARRIVES.
ON AURAIT DIT QU'IL PARLAIT D'UNE PERSONNE DIFFÉRENTE...
ET PUIS...
JE SUIS CONTENT DE SAVOIR...
QU'IL A UN COPAIN.
......
KOGANEI ?
TAP

T'ES ÉNERVÉ ?
......
QUAND T'ES ARRIVÉ...
J'AVAIS PLUS D'INTÉRÊT À LE REGARDER !
T'ÉTAIS COMME D'HABITU-DE, MAIS...
J'ÉTAIS TOUT STRESSÉ, ALORS J'AVAIS PAS LE TEMPS DE M'OCCUPER DES AUTRES ...
PFF
HA HA HA
くすくすくす
Hein ?
T'ES TROP MIGNON, NIYA.
HÉ HÉ
TU TE MOQUES DE MOI ?!
J'ADORE TE VOIR PANIQUER.

GRMBL
T'ES TELLEMENT DIFFÉRENT DE SAYAMA.
GNIP
T'ES MIGNON QUAND TU BOUDES, AUSSI.
JE VEUX VOIR TOUTES TES EXPRESSIONS...
JE VEUX TE VOIR SOUFFRIR ET PLEURER.
ÇA JE VEUX PAS !
MÊME QUAND T'AS PEUR, T'ES MIGNON...
HEIN ?
C'EST DÉCIDÉ.
JE VAIS PASSER MON TEMPS À TE TAQUINER.
.....!

HAH
BABOUM
FOUIP
J'AIME VRAIMENT PAS...
QUAND TU DIS DES TRUCS COMME ÇA...
FWIP

MHN
SMACK
BRR
SMACK
HAA
BRR
ビクッ
BRR
ビクッ…
BRR
SHLP
AH
SMACK
...
BRR
AH
AHN
SHLP
SHLIC
AH
SMACK
NIYA...
koga... nei...
HAH
MHN
SMACK
HAH
JE T'AIME.

Hein ?
くす HA
HA くす
CETTE TÊTE.
QUE...

MAIS...
IL RIGOLE..
BABOUM
ばくっ..
TU M'AIMES ?
Il est trop mignon !!
MOI ?!
BABOUM
ばくっ.
OUAIS.
Y A PERSONNE QUI M'EXCITE COMME TOI.
BABOUM
きゅんっ
PER-SONNE D'AUTRE ...?
BABOUM
ばくっ..
ばくっ..
OUAIS.
ALORS JE SERAI RIEN QU'À TOI.
BABOUM
ばくっ..

FLAP
T'ES BIZARRE, HEIN...
ATTENDS, JUSTE, DEUX SECONDES.
BABOUM
BABOUM
HA HA
BABOUM
POF
!
MAIS CE GENRE DE CÔTÉ...
J'AIME BIEN AUSSI.
ET PUIS T'AS ENFIN RÉUSSI À FAIRE LE PREMIER PAS POUR M'EMBRASSER.
!!
C'est bien.
BABOUM
TOUT ÇA...
JE NE PENSAIS PAS L'ATTEINDRE.

JE T'AI APPROCHÉ POUR M'AMUSER, AU DÉBUT...
MAIS EN FAIT, JE ME SUIS RENDU COMPTE QUE TU FAISAIS CE QUE TU VOULAIS DE MOI.
ET ÇA ME DÉPLAISAIT PAS.
ET LÀ...
JE SUIS CARRÉMENT AUX ANGES.
ET PUIS J'AIME BIEN T'EMBÊTER.
NON...
ARRÊTE ÇA !

T'AIMES BIEN ÇA, NON ?
GNIP
!?
PLAF
HÉ HÉ
SHLP
BABOUM
AHN
GNIP
BRR
MHN
TON TÉ-TON...
IL EST DÉJÀ TOUT DUR.
GNN
BRR
AHN
HAH
AHN !
KOGANEI ...
NON...
AHN
AAAH
DIS PAS ÇA AVEC CETTE TÊTE...
HAH
BRR
GNIP
BRR

HAH
GNN
T'ES VRAIMENT UN PETIT MENTEUR, NIYA...
BABOUM
FLAP
...!
AHN
SHLP
MAIS C'EST TOUT AUSSI MIGNON.
BRR
BRR
BABOUM
T'AIMES BIEN FAIRE ÇA DEHORS ?
SHLP
AHN
DIS-LE.
T'AIMES ÇA.
BRR

MHN...
MH...
AHN
J'AIME TOUT SIMPLEMENT...
SMACK
QUAND TU ME TOUCHES...
HAH
HAH
BABOUM
KOGANEI.
JE FAIS ÇA PARCE QUE T'EN AS ENVIE...
PFF...
AHN
SMACK
C'EST BIEN CE QUE JE FAIS, NON ?

HAH
MOI AUSSI...
J'AI ENVIE DE TOI.
HAH
HOTEL
C'EST NORMAL...
CRR
HAH
AHN
BRR
BRR
en-core !
AHN !
BRR
SHLP
AH
SPLAF
AAHN

SPLAF
ずんっ
SHLAP
AHN
SHLP
AHN
SHLIC
AHN
SHLIC
PLAF
PLIC
PLAF
BRR
AH
AHN
AHN
SPLAF
ぱんっ
SPLAF
ぱんっ
VAS-Y...
TU PEUX JOUIR.
CRR
ギシッ
HAH
SMACK

HAH
AAHN
... !
SPLURT
PLIC
SHLP
HAH
SHLP

LA PREMIÈRE FOIS AUSSI, TU M'EN AVAIS FOUTU SUR LE VISAGE...
HAH
はっ
C'est un kink ?
Il s'en souvient...
J'ai honte...
Mais ça me fait plaisir...
C'ÉTAIT UN ORDRE DE TON ANCIEN MAÎTRE ?
J'aime pas, si c'est ça.
HAH

NON !
J'AI JAMAIS FAIT ÇA À PERSONNE D'AUTRE !
C'EST LA PREMIÈRE FOIS...
QUE J'AI AUTANT ENVIE DE QUELQU'UN...
BRR
MH ?
QUOI ?
AHN
GNIP
BRR

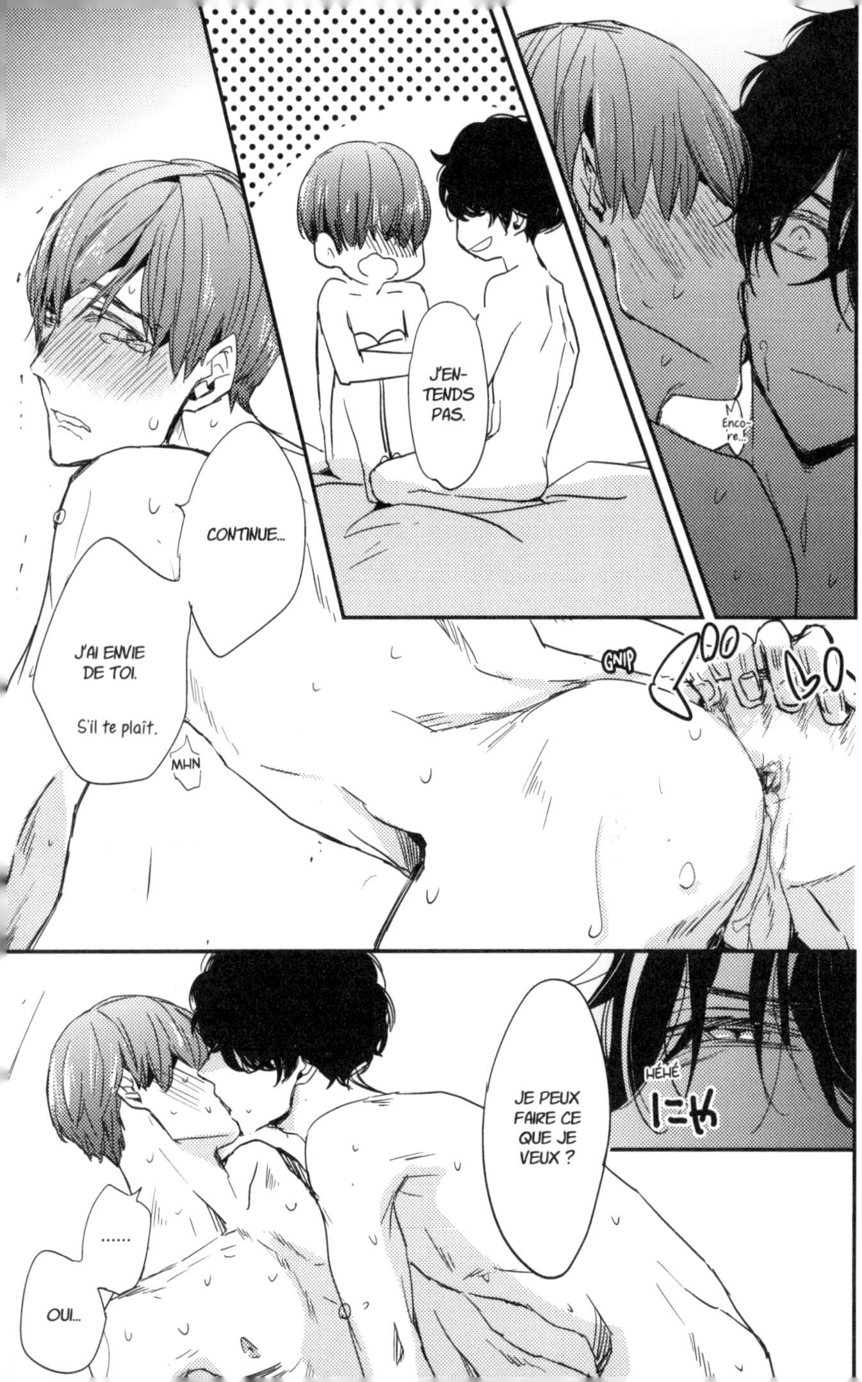
Encore...
J'EN-TENDS PAS.
CONTINUE...
J'AI ENVIE DE TOI.
S'il te plaît.
MHN
GNIP
HÉHÉ
にや
JE PEUX FAIRE CE QUE JE VEUX ?
......
OUI...

KOGANEI...
ENCORE...
Encore...
Ces derniers temps...
T'étais trop mignon.
GNIIII
Noooon...
Koganei passe toutes ses nuits à la maison.
On vit presque ensemble.
Mais bon, il rentre parfois chez lui. On vit dans le même bâtiment.
VRR
JE ME LAISSE TROP BERCER.
Morita
Appartement vide
HEIN ?!
Pourquoi la boite aux lettres de Koganei est bloquée ?!

FLAP
FLAP
FLAP
KOGA-NEI !
TON APPART ...!
MMH...
JE L'AI QUITTÉ.
!!
JE SUIS TOUT LE TEMPS ICI.
ET TOUTES MES AFFAIRES SONT ICI.
On vit vraiment ensemble, du coup...
Viens là.
ON A COMMENCÉ À BAISER AVANT QUE JE T'EN PARLE.
GNIP
MAIS C'EST BIEN, NON ?
T'ES À MOI, NIYA.

PLOF
Ah !
C'EST TROP TARD, MÊME SI TU VEUX PLUS.
SMACK
FOUIP
SMACK
SMACK
AHN
PLAF
BRR
JE VAIS PAS DIRE NON...
MHN
Je sens qu'il va me mener par le bout du nez...
AHN
TOME 1 / FIN

BONUS
Un petit chat ♥♥
NIYA S'EST TRANSFORMÉ EN CHAT !
POUIC ♥
C'EST DES VRAIES OREILLES ?
MIAOU
MIAOU
FOUIP
FOUIP

FOUIP
ふり
FOUIP
ふり
MHN ! ♡
MMHN ! ♡
TU VEUX QUE JE VÉRIFIE DE CE CÔTÉ AUSSI ?
かぷ
NOM
MHN
はむ
T'EN AS ENVIE... ?
MH
はむ

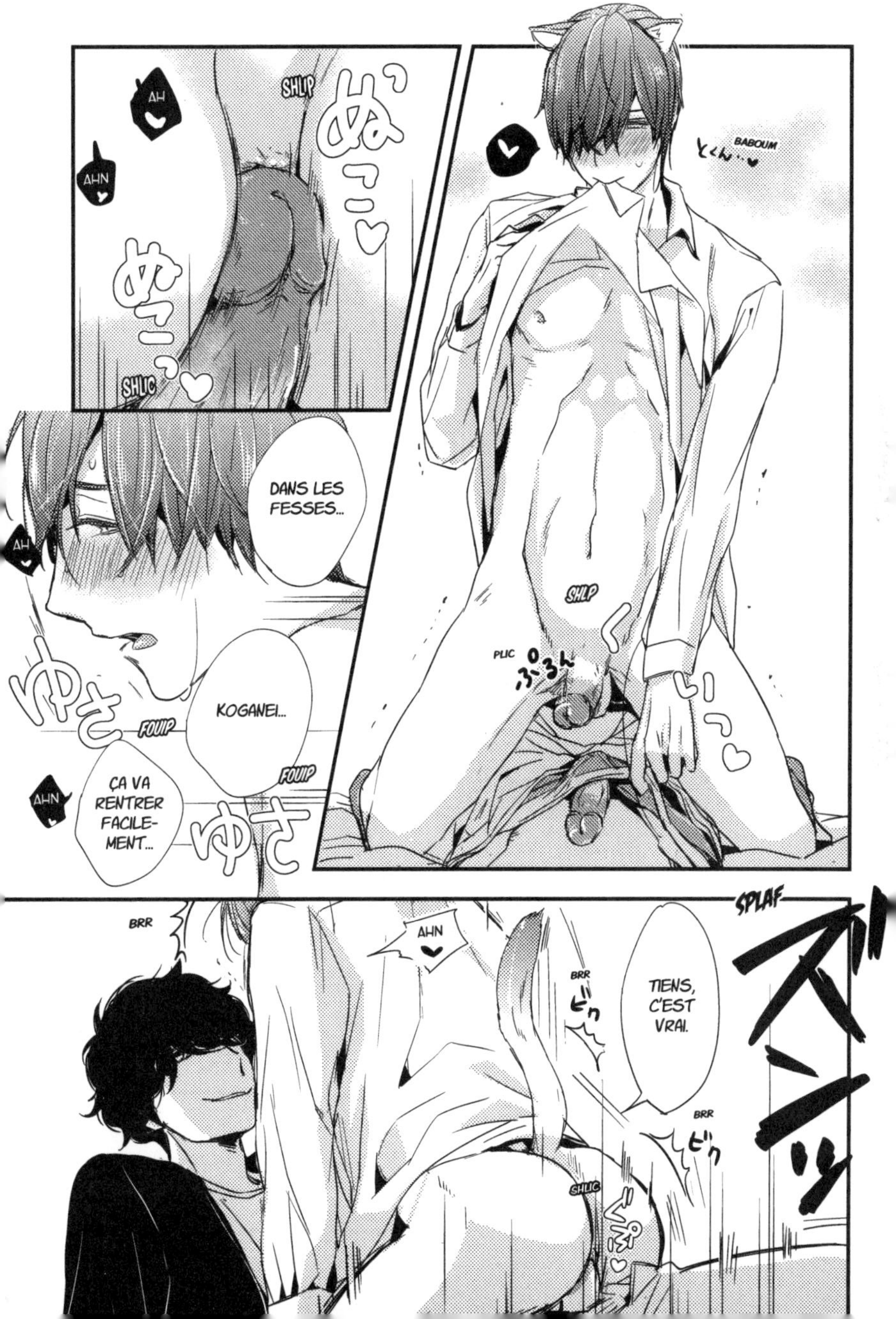
BABOUM
とくん…
SHLP
くいーっ
PLIC
ぷるん
SHLIP
ぬっこ
AH
AHN
めっこっ
SHLIC
DANS LES FESSES…
AH
KOGANEI…
FOUIP
ゆさ
FOUIP
ゆさ
ÇA VA RENTRER FACILE-MENT…
AHN
SPLAF
TIENS, C'EST VRAI.
BRR
ビクッ
AHN
BRR
ビクッ
BRR
SHLIC
ぐぷ

AHN
KOGA-NEI...
SPLAF
HAH
SPAF
JE T'AIME.
BRR
BRR
NNH
POF
AÏE.
CLANG
CLANG
UN RÊVE...
Tu parles d'un rêve.
T'es lourd.
PAF
CLANG
CLANG
ÇA LUI IRAIT VRAIMENT BIEN, UNE QUEUE ET DES OREILLES...
J'EN ACHÈTERAI.

BONUS / FIN

SOUS TES CARESSES 1

HANA

www.boys-loves.fr

Traduit du japonais par Célia Grosjean
Relecture : Guillaume Quémar
Correction : Sandra Baron
Responsable Editorial & Production : Tony Mr P

Dépot légal : Novembre 2024

ISBN 978-2-38276-251-6

Imprimé en Italie par L.E.G.O. S.p.A